RÈGLES DES JEUX

LA BARRE DE MENU : LES XII ÉLÉMENTS DE LA POTION MAGIQUE

VOICI, SUR CETTE BARRE DE MENU, LES DOUZE ÉLÉMENTS À RETROUVER TOUT AU LONG DE L'ALBUM, À RAISON D'**UN SEUL ÉLÉMENT PAR DOUBLE PAGE.**
LES ÉLÉMENTS CACHÉS ONT LA MÊME FORME ET LA MÊME TAILLE QUE CEUX QUI FIGURENT SUR LA BARRE DE MENU.
INDICE : LES FANS DES *AVENTURES D'ASTÉRIX LE GAULOIS* DEVINERONT FACILEMENT DANS QUEL LIEU RETROUVER CHAQUE ÉLÉMENT (PAR EXEMPLE : LA SERPE D'OR... À LUTÈCE).

LES V SUR VII

SEPT ÉLÉMENTS SONT REPRÉSENTÉS DANS UN ENCADRÉ.
SEULEMENT CINQ D'ENTRE EUX SONT PRÉSENTS DANS LA SCÈNE.
LES ÉLÉMENTS QUI FIGURENT DANS L'ENCADRÉ ONT LA MÊME TAILLE ET LA MÊME FORME QUE CEUX QUI SONT CACHÉS DANS LA SCÈNE.

LES X DIFFÉRENCES

LES DEUX DESSINS SONT PAREILS ? NON !
DIX PETITES ANOMALIES SAUTENT AUX YEUX DES INITIÉS.
ATTENTION AU PIÈGE LORSQU'UN ÉLÉMENT DE LA BARRE DE MENU A ÉTÉ SOURNOISEMENT AJOUTÉ...
C'EST, DANS CE CAS, UNE DIFFÉRENCE SUPPLÉMENTAIRE.

LES VIII POINTS COMMUNS

DANS DEUX DESSINS DIFFÉRENTS, IL FAUT TROUVER HUIT ÉLÉMENTS RIGOUREUSEMENT IDENTIQUES. FACILE ? PAS SI SÛR...

LE LABYRINTHE

PAR QUELLE ENTRÉE ARRIVER AU BUT ?

LES IMAGES MAGIQUES

POUR DÉCOUVRIR CE QUE REPRÉSENTE UNE IMAGE MAGIQUE, IL FAUT ÊTRE CALME ET DÉTENDU. ON TIENT ALORS LE LIVRE TOUT PRÈS DES YEUX, JUSTE AU BOUT DU NEZ. ON FIXE LE CENTRE DE L'IMAGE EN SE CONCENTRANT, COMME SI L'ON VOULAIT REGARDER À TRAVERS LE LIVRE. ENSUITE, IL FAUT ÉLOIGNER TRÈS LENTEMENT L'IMAGE, SANS BOUGER LES YEUX : SOUDAIN, LE SUJET APPARAIT, EN RELIEF, ET SE PRÉCISE PEU À PEU... ET QUAND ON RÉUSSIT, C'EST MAGIQUE !

Réalisation des jeux : Atelier Philippe Harchy.

Loi n° 49-956 du 16 juillet 1949 sur les publications destinées à la jeunesse.
ISBN 2-87881-187-9. Imprimé en Italie. Dépôt légal : novembre 2000.

- UDERZO -

LES LIVRES DU DRAGON D'OR

AU VILLAGE, L'HEURE EST GRAVE.
PANORAMIX A DISPARU ET AVEC LUI LA RECETTE
DE LA CÉLÈBRE POTION MAGIQUE !

DANS LA HUTTE DU DRUIDE, ASTÉRIX TROUVE LE MESSAGE LAISSÉ PAR PANORAMIX POUR EXPLIQUER SON DÉPART PRÉCIPITÉ : ÉPIDEMAÏS, LE MARCHAND PHÉNICIEN, A OUBLIÉ DE LIVRER LES ÉLÉMENTS INDISPENSABLES À L'ÉLABORATION DE LA POTION MAGIQUE.
PANORAMIX A DONC DÉCIDÉ D'ALLER LES CHERCHER LUI-MÊME.

PRÈS DU CHAUDRON, OBÉLIX DÉCOUVRE LA LISTE DES DOUZE ÉLÉMENTS QUI MANQUENT À PANORAMIX :

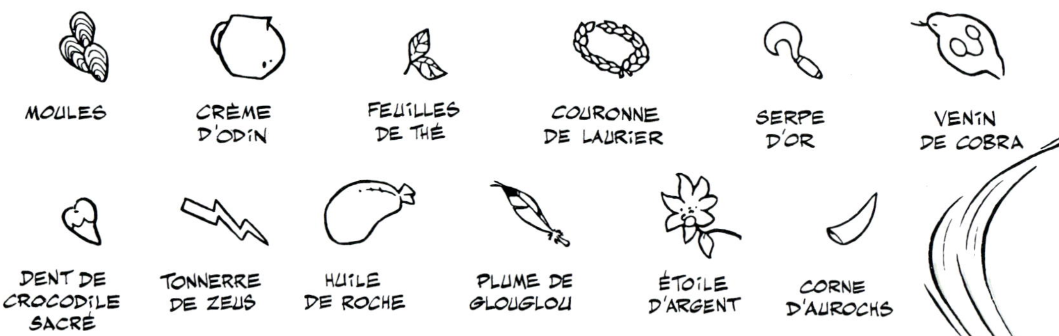

MUNIS DE CET INDICE PRÉCIEUX, ASTÉRIX, OBÉLIX ET IDÉFIX PARTENT À LA RECHERCHE DU DRUIDE.
EN PENSANT À TOUTES LES CONTRÉES QU'ILS ONT DÉJÀ TRAVERSÉES, ILS CROIENT AVOIR UNE PETITE IDÉE DES ENDROITS OÙ PANORAMIX TROUVERA CHAQUE ÉLÉMENT.
MAIS IL FAUT FAIRE VITE, PAR TOUTATIS !

NOS AMIS FONT APPEL À KIÇAH ET À SON TAPIS VOLANT.

PARTONS AVEC EUX !
AIDONS-LES À RETROUVER PANORAMIX ET À LE RAMENER AU VILLAGE AVEC LES DOUZE ÉLÉMENTS DE LA POTION MAGIQUE !

À LUTÈCE...

LE VOYAGE COMMENCE
PAR LA PLUS PRODIGIEUSE CITÉ
DE L'UNIVERS RENOMMÉE POUR
SES ENCOMBREMENTS ET
LA GOUAILLE DE SES HABITANTS.
PAS FACILE D'AVANCER !

LES X DIFFÉRENCES

EN BRETAGNE, LA GRANDE...

PLUIE, BROUILLARD ET TASSES DE THÉ...
BIENVENUE AU PAYS DES BALLONS PAS RONDS !

L'IMAGE MAGIQUE

LORS DE LEUR DERNIER VOYAGE,
LE SANGLIER BOUILLI À LA MENTHE
A LAISSÉ À OBÉLIX UN GOÛT AMER...
LE REPAS SERA POUR PLUS TARD.

LES VIII POINTS COMMUNS

PLUS HAUT, VERS LE NORD...

AU PLAT PAYS...

S'IL EST UN PAYS QU'OBÉLIX AFFECTIONNE PARTICULIÈREMENT, ÇA EST, POUR SÛR, LA BELGIQUE. IL VA ENFIN POUVOIR MANGER À SA FAIM.

LES VIII POINTS COMMUNS

QUANT À IDÉFIX,
IL A RETROUVÉ SON AMI...

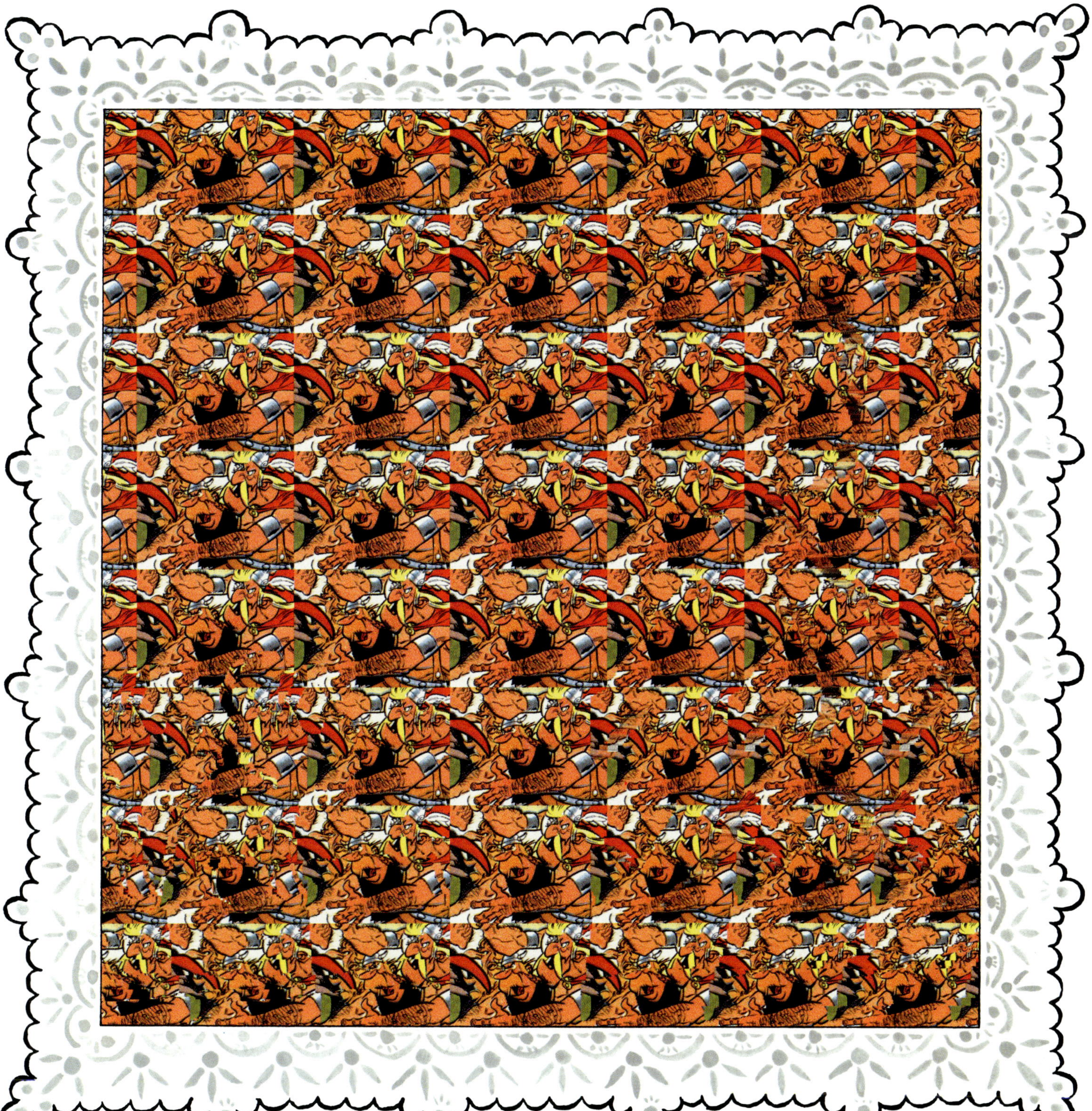

L'IMAGE MAGIQUE

CHEZ LES HELVÈTES...

PANORAMIX EST SÛREMENT PASSÉ DANS CETTE CONTRÉE RÉPUTÉE POUR LA PROPRETÉ ET LA SÉRÉNITÉ DE SES HABITANTS.
MÊME DÉRANGÉS PENDANT LEUR FONDUE, LES HELVÈTES SAVENT SE TENIR...

...CE QUI N'EST CERTES PAS LE CAS DES ROMAINS LORSQU'ILS ESSAYENT DE DÉGUSTER LA SPÉCIALITÉ LOCALE...

LES X DIFFÉRENCES

À ROME, LA CITÉ DES CITÉS...

L'ARRIVÉE SUR ROME NE MANQUE JAMAIS D'IMPRESSIONNER NOS AMIS. MAIS OÙ EST PASSÉ IDÉFIX ? PAR TOUTATIS, IL VIENT DE TOMBER DU TAPIS ! IL FAUT VITE LE RETROUVER, LUI AUSSI. AUTANT CHERCHER UNE ÉPINGLE DANS UNE BOTTE DE FOIN !

LES V SUR VII

AU BERCEAU DES JEUX...

ILS ARRIVENT
À OLYMPIE, EN PLEINE
PÉRIODE DES JEUX.
LA TRÊVE SACRÉE DURE
CINQ JOURS. CINQ JOURS
PENDANT LESQUELS
PLUSIEURS PEUPLES
S'AFFRONTENT À LA LOYALE.

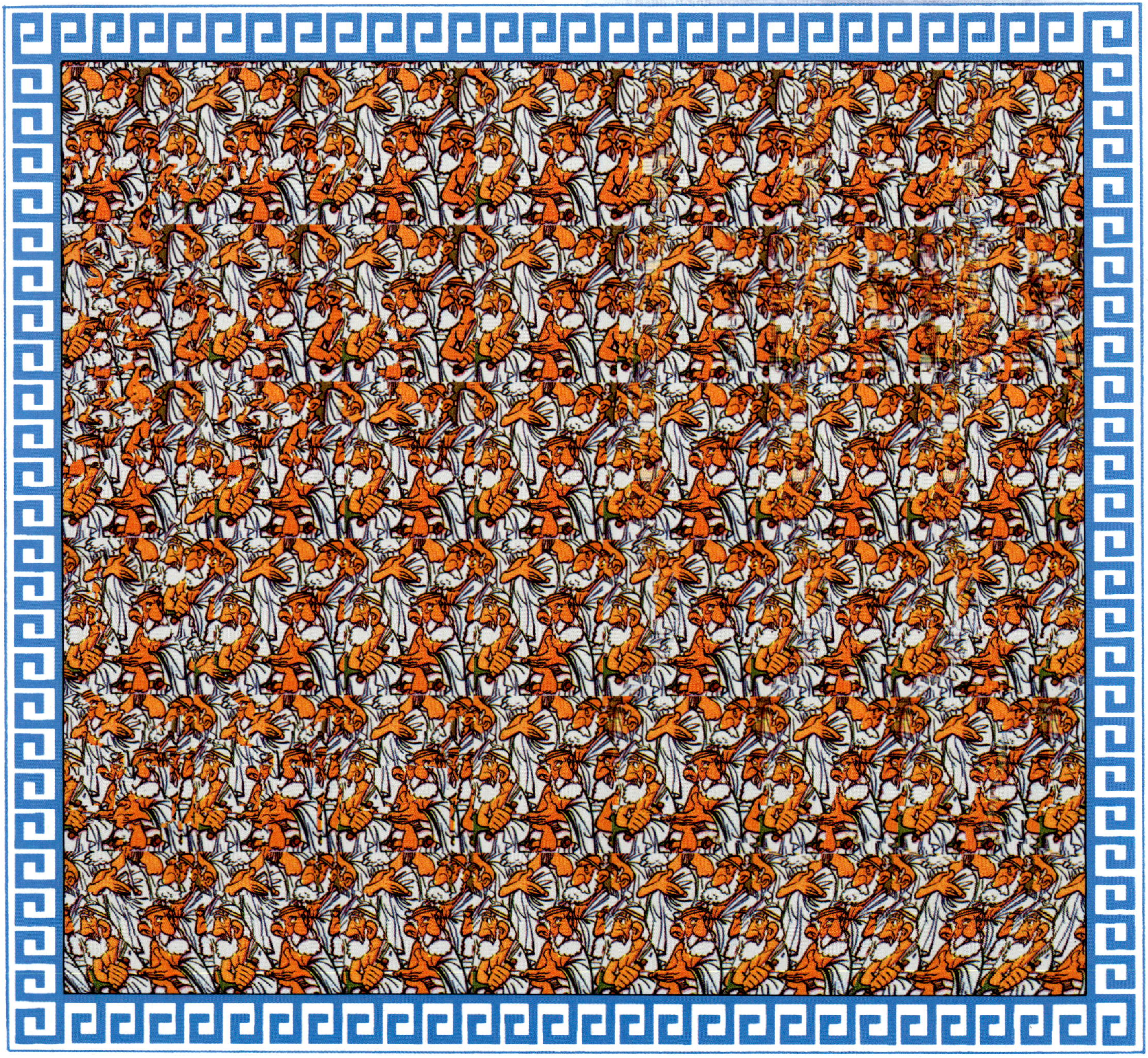

L'IMAGE MAGIQUE

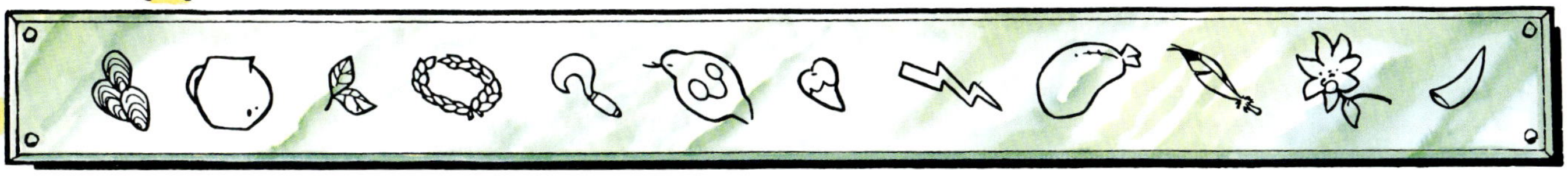

LES SUPPORTERS GAULOIS, EUX AUSSI, SONT LÀ !
MIEUX VAUT NE PAS LES DÉRANGER,
ENCORE MOINS LEUR DEMANDER DE L'AIDE.

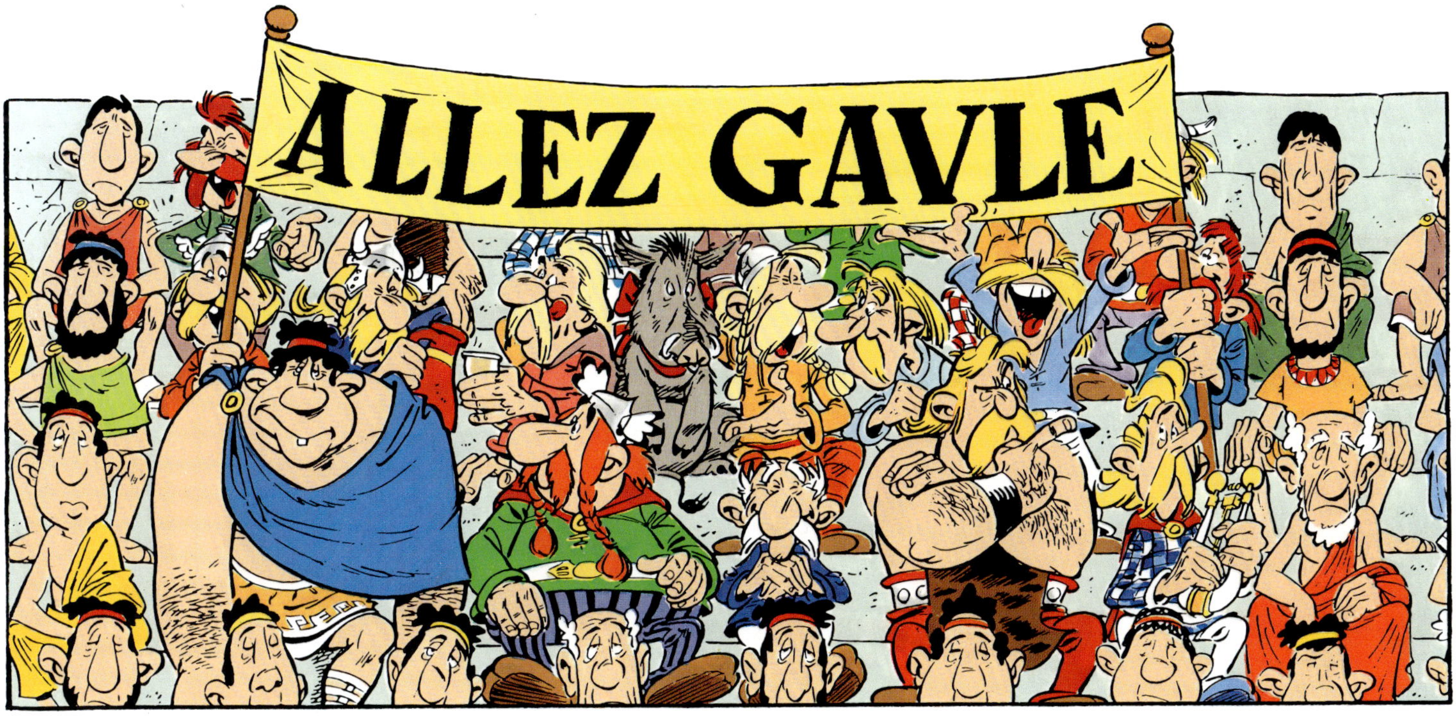

LES X DIFFÉRENCES

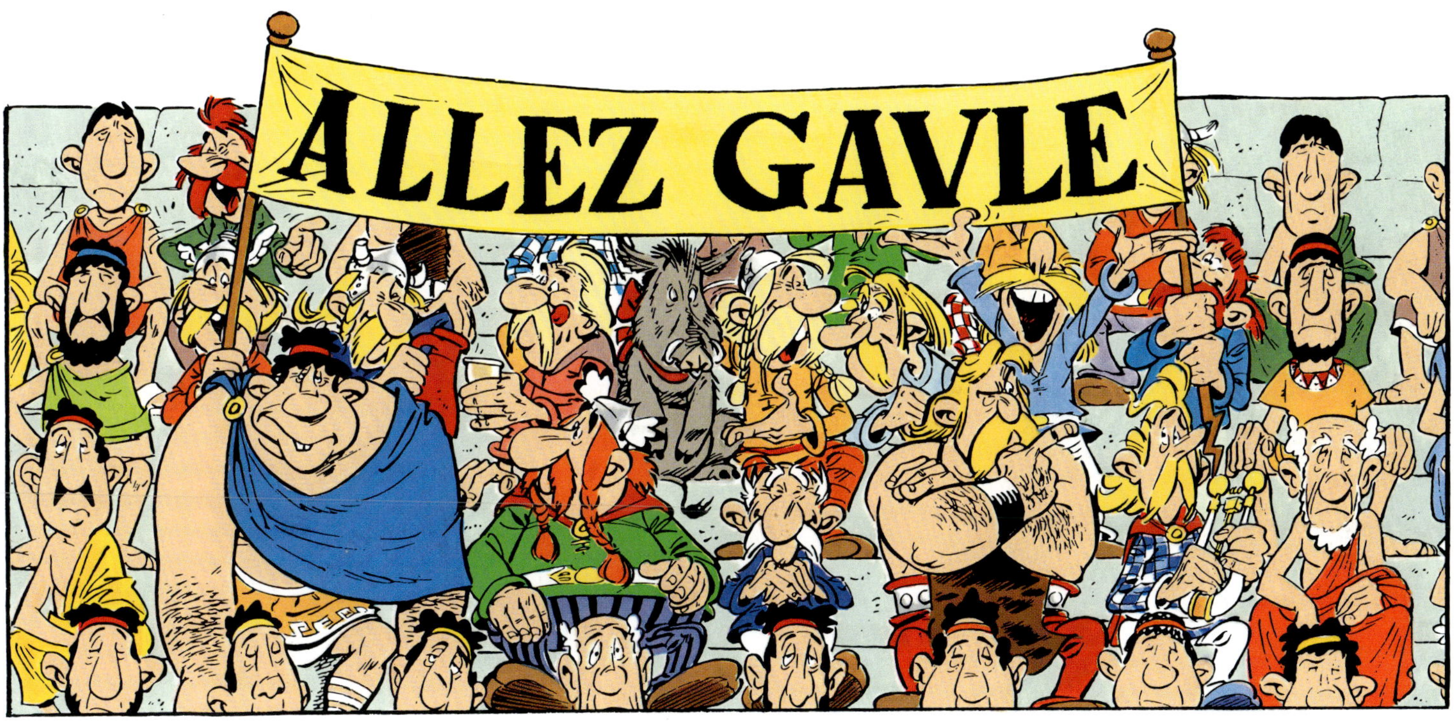

CHEZ LA REINE DES REINES...

LORS D'UNE PRÉCÉDENTE AVENTURE, PANORAMIX
AVAIT ÉTÉ IMPRESSIONNÉ PAR LA GRANDEUR DE L'ÉGYPTE
ET DU NEZ DE CLÉOPÂTRE.
IL Y A TOUTES LES CHANCES POUR QU'IL SOIT REVENU PAR ICI...

LES VIII POINTS COMMUNS

LES V SUR VII

EN TERRE PROMISE...

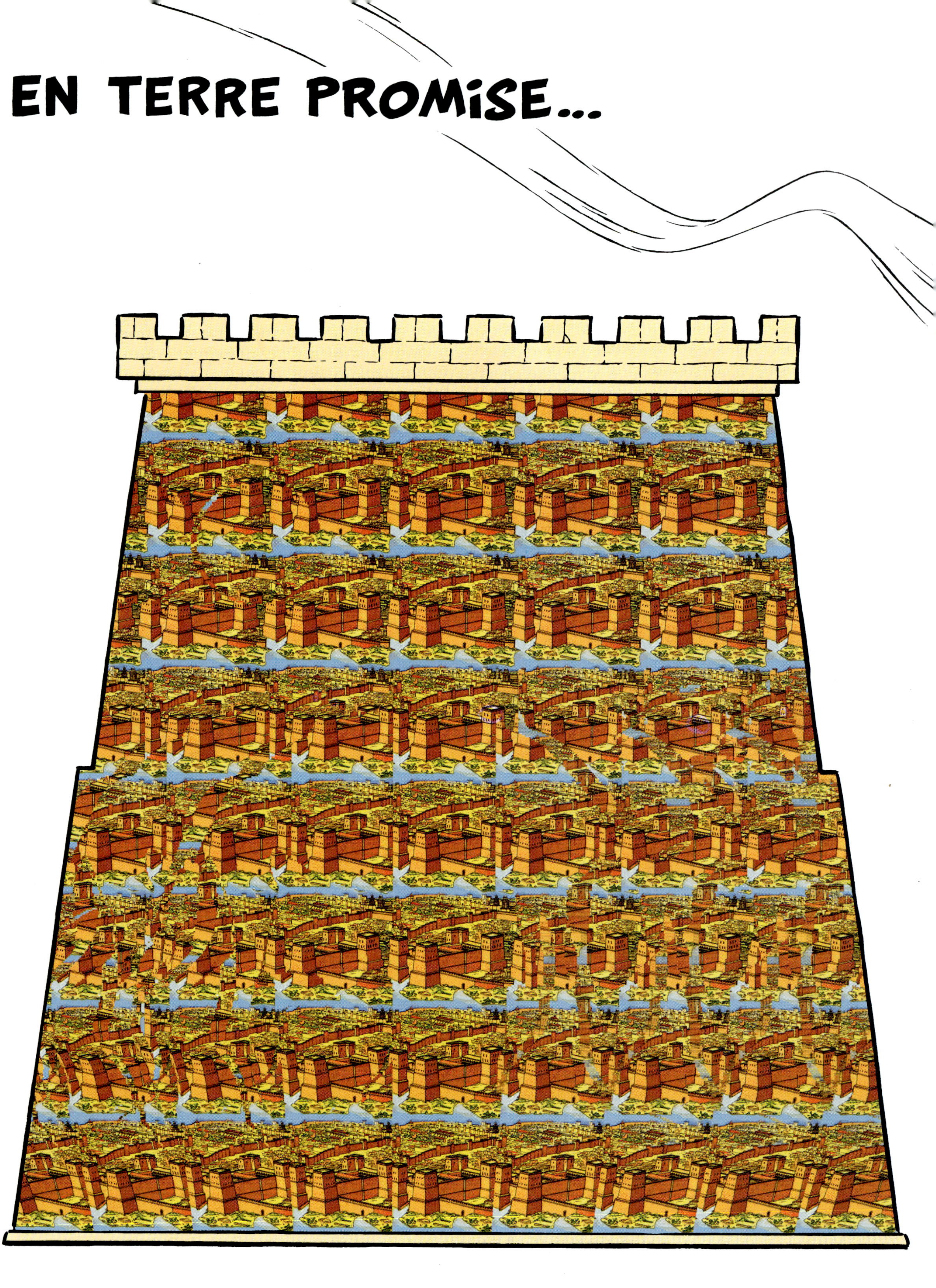

L'IMAGE MAGIQUE

QU'IL FAIT CHAUD AU PIED
DES REMPARTS DE JÉRUSALEM !
IL EST PEU PROBABLE QUE
PANORAMIX SE SOIT ATTARDÉ
DANS LA GRANDE CITÉ DES ROIS...

LES X DIFFÉRENCES

AU PAYS DES VACHES SACRÉES...

KIÇAH EST HEUREUX DE RETROUVER SON PAYS !
IL RESTERAIT BIEN UN PEU PLUS LONGTEMPS. MAIS, APRÈS
UN BON REPAS ET UNE PROMENADE DANS LES RUELLES,
NOS AMIS LE PRESSENT DÉJÀ DE REPARTIR.

LES VIII POINTS COMMUNS

SUR LES CHEMINS D'HISPANIE...

OBÉLIX A UN PRESSENTIMENT : C'EST ICI QU'ILS VONT RETROUVER PANORAMIX ! LE PAUVRE DRUIDE S'EST SANS DOUTE PERDU DANS LES MÉANDRES DE CE LABYRINTHE. IL DOIT ÊTRE ÉPUISÉ. IL FAUT FAIRE VITE !

LE LABYRINTHE

POUR ARRIVER JUSQU'À PANORAMIX, IL FAUT CHOISIR LA BONNE ENTRÉE... LORSQU'ON RENCONTRE L'UN DES DEUX PASSEURS, ON A LE DROIT DE SAUTER DIRECTEMENT À L'AUTRE.

EN CHEMIN, ATTENTION AU BANDIT, AU ROMAIN, À L'AUROCHS, ET AUX AUTRES PIÈGES !

X

IX

VIII

VI

VII

CHEZ LES GLOUGLOUS...

MISSION ACCOMPLIE, OU PRESQUE : PANORAMIX EST RETROUVÉ ! ILS REPARTENT ENSEMBLE CHERCHER LE SEUL ÉLÉMENT QUI LEUR MANQUE. LES VOICI SUR UNE SORTE D'ÎLE PEUPLÉE D'HOMMES-OISEAUX. OBÉLIX PREND TOUS LES RISQUES...

LES X DIFFÉRENCES

LE GRAND VOYAGE EST TERMINÉ. LE RETOUR EST TRIOMPHAL ! NOS HÉROS ONT RETROUVÉ PANORAMIX ET TOUS LES ÉLÉMENTS QUI LUI MANQUAIENT POUR CONCOCTER PLEIN DE CHAUDRONS DE POTION MAGIQUE. QUANT AUX ROMAINS, ILS NE SE SONT APERÇU DE RIEN.

LA VIE VA POUVOIR REPRENDRE SON COURS DANS CE PETIT COIN D'ARMORIQUE QUI RÉSISTERA DONC ENCORE ET TOUJOURS À L'ENVAHISSEUR.

L'IMAGE MAGIQUE

FIN

LES IMAGES MAGIQUES

CE QU'IL FAUT VOIR...

P. 8

P. 13

P. 18

P. 22

P. 29

DOS DE COUVERTURE